AF509798

ACADÉMIE DES SCIENCES.

FUNÉRAILLES

DE

M. REGNAULT

MEMBRE DE L'ACADÉMIE

DISCOURS

DE M. DEBRAY

MEMBRE DE L'ACADÉMIE DES SCIENCES

Le mardi 22 janvier 1878.

MESSIEURS,

L'Académie des sciences perd en M. Regnault un de ses membres les plus illustres. Il appartenait depuis 1840 à la section de chimie, où, bien jeune encore, à l'âge de trente ans, il avait été appelé à remplacer M. Robiquet. A cette époque, M. Regnault ne s'était encore fait connaître que comme chimiste. Ses travaux, nombreux et variés, portaient déjà la marque particulière de son esprit. L'hypothèse, si séduisante qu'elle fût, n'avait aucune prise sur lui; il n'acceptait que les démonstrations complètes et rigoureuses; sa pénétration rare lui montrait de suite le côté faible des travaux de ses devanciers et les conditions dans lesquelles il convenait de les reprendre pour arriver à la solution des points controversés. Il était d'ailleurs servi dans ses recherches par une habileté manuelle peu commune.

Ses travaux de chimie méritaient l'honneur que leur faisait l'Académie; de plus, ils faisaient concevoir de hautes espérances, qui ont été dépassées. Retranchés cependant de l'œuvre scientifique de notre savant confrère, ils diminueraient de bien peu sa réputation: c'est qu'ils n'occupent, dans cette vie si bien remplie, qu'une place relativement restreinte. A partir de 1840, les recherches de physique l'absorbent presque entièrement; c'est à cette époque que commence l'édification du monument de sa gloire, de cet immense ensemble de travaux qui se rattachent à l'étude de la chaleur. Cette œuvre a été poursuivie durant trente années avec un tel éclat, que sa renommée de chimiste s'en est trouvée par là même amoindrie.

Je n'ai pas l'autorité nécessaire pour parler comme il convient de l'admirable talent du physicien: je dois me contenter de rappeler la part importante qu'il a prise au mouvement de la chimie, dans la courte période de sa vie qu'il y a particulièrement consacrée. Il n'a jamais cessé d'ailleurs d'en suivre les progrès avec le plus vif intérêt: son enseignement à l'École polytechnique, son remarquable *Traité de chimie* le prouveraient s'il était nécessaire. Les chimistes ne pourraient, non plus, oublier sans ingratitude les services éminents qu'il leur a rendus comme physicien, en déterminant, avec une incomparable exactitude, les constantes numériques, telles que les coefficients de dilatation, les chaleurs spécifiques et les tensions de vapeurs, qu'ils emploient à chaque instant dans leurs recherches.

M. Regnault, à sa sortie de l'École polytechnique, en 1832, entrait à l'École des mines comme élève ingénieur et, après son temps d'études, restait pendant quelques années au laboratoire de chimie de cette École célèbre. Il y menait de front ses travaux professionnels et ses études particulières, et, dès 1835, il commençait le cours, non interrompu, de ses nombreuses et importantes publications. Les *Annales de chimie et de physique* contiennent de lui, de 1835 à 1840, dix-huit mémoires d'un grand mérite.

Son premier travail est relatif à la liqueur des Hollandais, remarquable combinaison du chlore et du bicarbure d'hydrogène, dont la composition avait été déterminée par M. Dumas. Une critique mal fondée de Liebig engageait M. Regnault à reprendre une question que l'autorité scientifique du savant allemand pouvait faire croire douteuse. Après avoir vérifié l'exactitude des résultats de M. Dumas et expliqué l'erreur de son contradicteur, il trouvait une réaction inattendue, la première de toutes celles qu'a données depuis la liqueur des Hollandais, au grand profit de la chimie organique. Cette réaction lui permettait de scinder ce produit en acide chlorhydrique et en un hydrocarbure chloré dont il allait bientôt lui-même révéler l'importance.

Un peu plus tard, en effet, il démontrait que le chlore,

en agissant sur la liqueur des Hollandais, lui enlève successivement chacun des quatre équivalents d'hydrogène qui y sont contenus et donne naissance à des composés nouveaux de plus en plus chlorés, mais dans lesquels le nombre total d'équivalents reste invariable, parce que chaque équivalent d'hydrogène disparu est remplacé par un équivalent de chlore. Le composé chloré qu'il avait retiré de la liqueur des Hollandais devenait alors un bicarbure d'hydrogène dans lequel un équivalent d'hydrogène était remplacé par le chlore, et, par des réactions convenables, lui permettait d'obtenir d'autres composés du même type, où les trois autres équivalents d'hydrogène étaient successivement remplacés par le chlore.

Ce travail, demeuré classique, parce qu'il fournit deux exemples simples et complets de la loi si importante des substitutions, découverte par M. Dumas, n'a pas peu contribué à l'adoption d'une théorie, très-combatttue à l'origine, et qui de nos jours, par une extension remarquable, relie le plus grand nombre des faits de la chimie organique. M. Regnault apportait encore à cette théorie un développement important, dans un autre mémoire intitulé : *De l'action du chlore sur les éthers chlorhydriques de l'alcool et de l'esprit-de-bois et sur plusieurs points de la théorie des éthers.* Il y montre que l'éther chlorhydrique de l'alcool et la liqueur des Hollandais, dont la composition est la même, quoique leurs propriétés soient différentes, qui sont des corps isomères, pour employer le terme consacré dans la science, donnent, par l'action du chlore, deux séries parallèles de composés substitués, également isomères : ce qui prouve que la substitution, au moins quand elle n'atteint pas le dernier terme de son action, respecte le groupement moléculaire des deux composés primitifs.

Tous ces faits, d'une grande netteté, et bien d'autres d'une égale valeur, que je ne puis rappeler ici, prenaient aussitôt leur place dans l'enseignement de la chimie. Ils y ont conservé de nos jours la même importance, parce qu'il n'en existe pas de plus clairs, de mieux appropriés à la démonstration des lois qu'ils ont contribué à établir.

Il convient encore, pour donner une idée du talent souple et élevé de M. Regnault, de rappeler son grand travail de 1838 *Sur les alcalis organiques* et ses mémoires *Sur la chaleur spécifique des corps simples et composés*. On y trouve la première démonstration rigoureuse de la loi connue sous le nom de *loi de Dulong et Petit,* que ces éminents physiciens avaient plutôt pressentie que scientifiquement établie.

Ces dernières recherches l'introduisaient dans la physique, qu'il n'a plus quittée qu'une seule fois, pour exécuter avec son ami, M. Reiset, ce grand travail physiologique *Sur la respiration des animaux des diverses classes,* si connu de tous les savants.

M. Regnault était devenu successivement professeur de chimie à l'École polytechnique, professeur de physique au Collége de France et directeur de la Manufacture de Sèvres, où il a succédé à Ebelmen. L'accomplissement de ses devoirs professionnels n'avait pas ralenti un seul instant sa féconde activité; en 1863, la croix de commandeur de la Légion d'honneur consacrait les services qu'il avait rendus au pays.

Sèvres a une part importante dans son histoire; le nouvel

établissement est son œuvre personnelle : il lui a fallu user de toute l'autorité de son nom pour obtenir cette création si nécessaire. On lui doit aussi des perfectionnements importants dans le procédé de fabrication de la porcelaine par le coulage, et, le premier, il a appliqué l'action des gaz réducteurs à la production de couleurs nouvelles de grand feu.

La vieille manufacture a vu l'apogée de sa gloire et le commencement des malheurs qui l'ont accablé. On se rappelle la chute qu'il y fit en 1856 et qui mit ses jours en danger pendant plus d'un mois. Ce terrible accident laissa en lui une trace ineffaçable. En 1870, malgré les chagrins domestiques qu'il avait éprouvés, il n'avait cependant rien perdu de son ardeur et pouvait encore espérer quelques années de travail ; il comptait, même en 1871, après la mort de son illustre fils, Henri Regnault, reprendre ses travaux interrompus par la guerre et y trouver un adoucissement à sa douleur. Mais cette espérance ne devait pas se réaliser. La main brutale d'un soldat ennemi avait détruit, dans son laboratoire de Sèvres, les nombreux et précieux instruments de mesure qui lui avaient coûté tant de labeurs et sans lesquels toute recherche lui devenait impossible. Sa carrière scientifique était terminée. Depuis ce moment, le malheur n'a pas cessé de le frapper ; il l'a supporté avec fermeté, avec dignité. A la fin de 1874, on put croire que la mort allait le délivrer ; mais, après avoir anéanti ce qui lui restait d'activité physique, elle n'a achevé son œuvre que quatre ans après, le 19 janvier dernier, le jour même de l'anniversaire de la mort de son fils.

Il est allé le rejoindre dans un monde meilleur, où le suivent nos sentiments d'admiration et de sympathie profondes pour sa vie si utile à la science et si douloureusement éprouvée.

DISCOURS

DE

M. JAMIN

MEMBRE DE L'ACADÉMIE DES SCIENCES

AU NOM DE LA SECTION DE PHYSIQUE

ET DE L'ÉCOLE POLYTECHNIQUE.

Messieurs,

Il y a des hommes dont l'esprit est assez vaste pour embrasser plusieurs sciences à la fois, et qui pourraient avec la même convenance appartenir à plusieurs classes d'une même Académie. Regnault fut l'un de ces hommes privilégiés : outre qu'il était l'une des lumières de la chimie, la physique le réclame comme une de ses gloires, et la section à laquelle j'appartiens revendique comme un droit et comme un devoir l'honneur de rappeler ici tout

1..

ce qu'elle doit à Victor Regnault. Je viens encore à un autre titre, en ma qualité de professeur à l'École polytechnique, apporter sur la tombe de Regnault les regrets et la reconnaissance de ses collègues et de ses anciens élèves.

Regnault fut l'un des plus brillants sujets de cette École célèbre; il eut l'heureuse fortune d'y suivre le cours de physique de Dulong. Il en garda toute sa vie l'empreinte ineffaçable, tellement profonde, qu'il suivit, sans jamais la quitter, la même route que son maître, s'arrêtant aux mêmes étapes, rencontrant les mêmes difficultés, recommençant les mêmes études. Pour apprécier Regnault, il faut connaître Dulong.

De toute la physique, Dulong n'avait travaillé que la chaleur, et de toute la chaleur, que le vaste chapitre intitulé *Chaleur statique*. Il y avait fait de belles découvertes; il y avait introduit surtout une plus grande précision des mesures; l'art expérimental lui devait des progrès qu'on croyait définitifs, et l'on citait avec raison son étude des lois du refroidissement comme un modèle inimitable. Or, dans le long ensemble de ses travaux, Dulong avait vu les gaz obéir aux mêmes lois de compressibilité et de dilatabilité, et, puisqu'ils avaient des propriétés physiques identiques, il les considérait comme étant composés de molécules indépendantes, privées d'actions réciproques, et seulement soumises à la répulsion du *calorique*; il en concluait que leurs dilatations mesurent le calorique et qu'il faut mesurer la température par la dilatation des gaz.

Tel est, en substance, l'enseignement que reçut le jeune Regnault. Il ne l'accepta point; il se dit que peut-être cette identité prétendue des gaz n'était qu'approximative, qu'avant de conclure il faut être sûr des résultats, que la première chose à faire était de recommencer les mesures en les faisant mieux. Alors il n'eut plus qu'un but, celui d'apporter à l'art expérimental de nouveaux perfectionnements. On le vit aussitôt recommencer l'un après l'autre tous les travaux de Dulong, après avoir soumis à la critique la plus sévère tous les appareils et toutes les mesures. Il cherchait toutes les causes d'erreur pour les corriger toutes, multipliait les mesures pour effacer les erreurs accidentelles, et, comme tous les appareils apportent dans le résultat des erreurs particulières à chacun d'eux, il variait à l'infini leur forme et leur grandeur et s'arrêtait rigoureusement au degré d'approximation où ils concordaient tous.

Quand on vient à comparer les appareils de Regnault avec ceux de ses devanciers, on est frappé de l'extrême simplicité de ceux-ci et de l'extrême complication de ceux-là; si l'on cherche la raison de cette différence, on reconnaît que ces appareils simples laissaient subsister une foule de causes d'erreur qu'on ne pouvait corriger qu'approximativement, tandis que les organes nouveaux que Regnault imagine détruisent ces causes d'erreur et exemptent l'expérimentateur de la nécessité des corrections, et que, si l'appareil se complique, le résultat se simplifie.

Regnault recueillit aussitôt les fruits de ces perfectionnements apportés dans l'art expérimental. Il devint évident que Dulong n'avait vu que les grandes lois générales et n'avait pas poussé l'approximation assez loin pour en découvrir les perturbations. Non, les gaz ne sont point également compressibles; non, ils ne se dilatent pas de quantités égales : chacun a son individualité, tous s'approchent du type idéal exprimé par la loi de Mariotte, aucun n'y obéit absolument. Chacun s'en écarte, avec une compressibilité moindre si on les chauffe, et, si on les refroidit, avec une compressibilité plus grande, qui s'exagère, qui prépare et finit par accomplir la transformation du gaz en liquide. C'est ainsi que M. Regnault a pu prédire et faire admettre par tous les physiciens que l'insuffisance des pressions était le seul obstacle à la liquéfaction de l'oxygène et de l'azote, et que l'hydrogène lui-même, s'il était refroidi, prendrait une compressibilité excessive et se liquéfierait. On sait avec quel éclat cette prédiction fut accomplie, et l'Académie n'oubliera pas que, dans la séance où elle en reçut la nouvelle, Regnault siégeait pour la dernière fois au milieu de nous.

Ce n'est point ici le lieu de raconter en détail tous les travaux de Regnault. Il me suffira de dire qu'il a passé en revue toutes les questions de la chaleur statique : il a mesuré la dilatation du mercure et trouvé la formule qui l'exprime; il a discuté de nouveau la question des températures et s'est décidé pour le thermomètre à air, non qu'il y ait aucune raison théorique de ce choix, mais parce qu'il est le seul thermomètre comparable, c'est-à-dire toujours identique à lui-même. Ce choix le conduisit à reconnaître que les mesures de la force élastique de la vapeur d'eau antérieurement effectuées ne signifiaient plus rien, puisque les températures avaient été mesurées par des thermomètres à mercure qui n'étaient point définis. Il

fallait à tout prix les recommencer. Regnault n'hésita
point, il les recommença. A mesure qu'il avançait dans
cette revue de la chaleur, les difficultés se multipliaient,
mais rien n'était capable de l'arrêter ; il aborda les chaleurs spécifiques, et, suivant son habitude, il étudia tous
les corps de la chimie, aussi bien les corps simples que les
sels, les solides que les liquides, et enfin les gaz. La loi
de Dulong est sortie victorieuse de cette longue épreuve,
et les chimistes, comme les physiciens, s'accordent pour
en proclamer l'importance.

Cette question des chaleurs spécifiques, déjà si vaste et
si difficile quand il s'agit des solides ou des liquides, se
complique encore davantage quand on veut étudier les
gaz. Ceux-ci, en effet, peuvent être échauffés sans changer
de pression ou bien sans changer de volume, et dans chacun des cas admettent une chaleur spécifique différente.
Bien plus, le rapport de ces chaleurs est lié à la vitesse du
son. Dès lors on conçoit l'utilité qu'il y avait à mesurer à
la fois et ces chaleurs spécifiques et cette vitesse du son,
et il fallait le faire pour tous les gaz. C'était un travail immense, et, bien qu'il fût déjà affaibli par un cruel accident
qui l'avait conduit aux portes du tombeau, Regnault n'hésita point à l'entreprendre. Il eut le courage, il eut le temps
de le terminer, mais ce fut le dernier. Il devint évident que
sa belle intelligence allait progressivement s'affaiblir ; il
payait, comme autrefois Newton et Pascal, la rançon du
génie. Un dernier coup lui fut porté par la perte d'un fils,
son orgueil et sa gloire, qui était déjà et qui surtout pro-
mettait de devenir aussi grand dans les arts que le père
l'avait été dans les sciences. Le rôle de Regnault était dé-

sormais fini, son agonie commençait : elle a duré jusqu'à hier.

Mais Regnault laisse un monument impérissable : toutes les grandes questions expérimentales relatives à la chaleur étudiées, toutes les lois empiriques des forces élastiques des chaleurs latentes trouvées, tous les coefficients numériques mesurés, avec une telle perfection que la critique la plus sévère n'y trouve rien à reprendre, et que la seule pensée de recommencer ces travaux immenses ne peut venir à aucun esprit, tant la conviction est profonde. Ce sont les fondements de la chaleur bâtis avec une solidité qui défie l'épreuve du temps. Là s'arrêtent le rôle et l'œuvre de Regnault : il n'y a que des nombres , que des coefficients mesurés, que des lois empiriques, il n'y a rien qui ressemble à une théorie.

Mais, au moment précis où ces fondations de l'édifice étaient terminées, une conception hardie sur la nature de la chaleur éclôt subitement, presque en même temps, dans l'esprit de quelques hommes de génie. On démontre que la chaleur enfermée dans les corps n'est qu'une force vive emmagasinée et qu'elle résulte d'un mouvement moléculaire intestin. Aussitôt émise, cette idée se répand, l'analyse mathématique s'en empare et la précise. En quelques années, la théorie mécanique est fondée. Regnault n'a pris qu'une faible part à cet épanouissement des idées nouvelles, étant de ceux qui s'arrêtent à la limite précise où l'expérience finit. Mais c'est dans ses travaux que la théorie nouvelle a puisé à pleines mains tous ses arguments ; elle est le couronnement de son édifice, et il semble qu'en cela la marche scientifique ait été dirigée par une logique providentielle qui a d'abord recueilli et classé tous les faits pour en chercher ensuite les causes. Or ce classement, ces mesures, ces fondations sont l'œuvre de Regnault; il y a peu d'hommes qui aient laissé derrière eux une trace aussi profonde et bâti un monument aussi glorieux.

DISCOURS

DE

M. DAUBRÉE

MEMBRE DE L'ACADÉMIE DES SCIENCES

AU NOM DU CORPS DES MINES.

MESSIEURS,

Le savant illustre dont l'Académie des sciences déplore si profondément la perte appartenait, comme ingénieur en chef, au corps des Mines, dont je suis ici l'interprète, et qui veut apporter à sa mémoire l'hommage de ses regrets et de son admiration.

L'enfance de Regnault ne fut pas facile : ce n'est pas après de paisibles études, comme il arrive d'ordinaire, qu'il entra à l'École polytechnique. Sa vie commença par des luttes pénibles et l'on vit chez lui, dès l'âge le plus tendre, se manifester la mâle énergie dont il a donné plus tard tant de preuves. Orphelin de père et de mère dès l'âge de huit ans, et privé de ressources, il fut réduit, peu d'années après, à entrer dans une maison de commerce de Paris, où, jusqu'à l'âge de dix-huit ans, il remplit les fonctions les plus humbles. Pendant qu'il s'acquittait de son modeste rôle de commis, il savait, tout en satisfaisant à ses devoirs, dérober à ses maîtres quelques quarts d'heure journaliers pour pénétrer dans la Bibliothèque nationale, qui lui révéla son aptitude pour les sciences. Il conçut ainsi le projet d'entrer à l'École polytechnique, où il fut reçu en 1830.

Sorti de cette pépinière de savants et d'ingénieurs, le second de sa promotion, il entra, en 1832, à l'École des mines, comme élève ingénieur.

Comme on peut le supposer, ses études y furent brillantes, quoiqu'il continuât à consacrer une grande partie de ses loisirs à des leçons au dehors, ainsi qu'il l'avait fait précédemment, lorsqu'il se préparait à l'École polytechnique, et pendant ses deux années de séjour à cette laborieuse École ; aussi fut-il classé assez avantageusement pour les terminer en deux ans, au lieu de trois, durée réglementaire. Après avoir fait deux voyages d'instruction, l'un, en 1834, en Belgique et au Harz, l'autre, en 1835, en Wurtemberg et en Suisse, il rédigea quatre mémoires qui sont déposés à la bibliothèque de l'École des mines et qui témoignent du succès avec lequel il étudiait toutes les questions techniques. Ils concernent les mines de houille des environs d'Aix-la-Chapelle, les mines et usines du Harz, les usines à fer de la principauté de Furstemberg et les principales salines du Wurtemberg. Ces voyages lui pro-

curèrent, en outre, le précieux avantage d'entrer en rela-
tions scientifiques avec plusieurs des chimistes éminents de
l'Allemagne.

Quand il revint de son second voyage, à la fin de 1835,
son maître Berthier, toujours bon appréciateur du mérite,
le fit attacher au service du laboratoire de l'École des
mines. Trois ans plus tard, en février 1838, il fut nommé
professeur adjoint de docimasie, et directeur adjoint du
laboratoire, fonctions qu'il conserva pendant trois ans.
Au mois de novembre 1840, d'autres occupations l'obli-
gèrent à s'en démettre, et il eut alors Ebelmen pour
successeur.

Dès son entrée au laboratoire, on le vit produire des
travaux nombreux et des plus remarquables. Il se sentit
tout d'abord entraîné vers la chimie organique, alors en
plein essor. Mais il fut loin, pour cela, de négliger la
chimie minérale, qui faisait partie de ses fonctions. Dans
la même année 1837, et malgré une maladie grave, con-
tractée dans les fatigues du laboratoire, il publia deux travaux de premier ordre. Le premier concerne l'action de la
vapeur d'eau à une haute température, sur les métaux et
sur les sulfures, ce qui le conduisait à une nouvelle classi-
fication des métaux. L'autre est une étude magistrale, et
restée classique, des combustibles minéraux, considérés
dans leur ordre géologique, leur composition et leurs ap-
plications industrielles. Tous les ingénieurs et les maîtres
de forges connaissent cet utile travail, qui a fait époque
dans l'industrie comme dans la science.

Le chimiste de l'École des mines vint aussi en aide à la
minéralogie par ses études sur la diallage et sur le mica,

et à la métallurgie par son procédé de dosage du carbone dans les fontes.

L'ingénieur Regnault, après avoir quitté ses fonctions de professeur à l'École des mines, reçut une mission du ministre des travaux publics, chef de la surveillance administrative des appareils à vapeur, sur la proposition de la commission centrale des machines à vapeur (dont il fut nommé membre en avril 1843) : c'était de déterminer les principales lois physiques et les données numériques qui entrent dans le calcul des machines à vapeur. Par des travaux de l'ordre le plus élevé, dont le rôle important dans nos connaissances vient d'être apprécié, Regnault rendit aussi des services de la plus haute portée à l'industrie féconde des appareils à vapeur.

Grâces soient rendues à l'administrateur éminent, feu M. Legrand, directeur général des ponts et chaussées et des mines, qui provoqua une mesure doublement féconde pour la science et pour l'industrie en général. Le ministère des travaux publics a aussi droit à une part de reconnaissance pour la subvention dont il a encouragé l'exécution des expériences de Regnault et la publication de leurs résultats.

A ce sujet, je ne crois pouvoir mieux faire que de citer textuellement la déclaration officielle suivante, insérée au *Moniteur*, pour motiver la promotion exceptionnelle au grade d'ingénieur en chef, qui suivait immédiatement la publication du premier volume des résultats d'expériences : « Les nombreuses expériences auxquelles s'est livré M. Regnault l'ont conduit à formuler de nouvelles données, d'après lesquelles certaines lois physiques, admises jusqu'à présent dans la science, se trouvent rectifiées ou démontrées par le calcul. Les résultats obtenus par ce savant ingénieur, compris dans une série de mémoires dont la publication a été ordonnée par l'administration, constituent l'un des plus remarquables travaux de physique expérimentale qui aient été exécutés. C'est à la fois un monument scientifique et un travail de la plus haute utilité pour l'industrie, qui honore et son auteur et le corps des ingénieurs des mines, dont la mission et les services grandissent chaque jour (1). »

Regnault faisait une application non moins heureuse de ses travaux théoriques, quand il contribuait si efficacement à transformer la fabrication du gaz d'éclairage, et qu'il y prenait la part la plus active dans une commission spéciale nommée à ce sujet, conjointement avec trois membres éminents de l'Académie des sciences, MM. Morin, Chevreul et Peligot. En déterminant les éléments pratiques de la reproduction du gaz, il faisait une nouvelle et heureuse application de ses études sur la constitution des combustibles minéraux.

Ce fut aussi par une justice rendue à la science, aux connaissances de l'ingénieur, et aux aptitudes d'artiste héréditaires dans sa famille, que Regnault fut appelé, en 1852, à la direction de la manufacture de Sèvres, pour y succéder à l'ingénieur des mines Ebelmen, fonction qu'il remplit jusqu'en 1870.

Personne ne fut mieux doué que Regnault. A part la puissante intelligence et le génie que chacun connaît, avec

---

(1) *Moniteur universel* du 14 septembre 1847.

cet esprit si lucide et si juste, inaccessible aux hypothèses et qui n'acceptait que ce qu'il jugeait démontré, il possédait une dextérité exceptionnelle, qui s'était annoncée par son habileté dans tous les genres de dessins et qu'il mit plus tard bien heureusement à profit dans l'établissement des appareils les plus délicats, instruments de ses grandes découvertes.

Malgré tous ces avantages, peu d'hommes ont été, comme on le sait, plus cruellement frappés, pendant les dernières années de sa vie. Quel douloureux contraste, si nous nous reportons à trente-cinq années en arrière, lorsque nous nous le rappelons, ayant vaincu toutes les difficultés de son adolescence, avec tous les charmes séduisants de la jeunesse et de l'esprit, entouré d'une charmante famille dont il était l'idole, au milieu des succès les plus brillants, recevant de toutes parts les honneurs les mieux mérités! Sa foi religieuse pouvait seule le consoler, et cette consolation ne lui a pas manqué.

Qu'il soit permis à un de ses camarades et plus anciens amis de joindre ici l'expression personnelle de son affection et de sa douleur à l'hommage du corps des mines et de l'École des mines, qui conserveront toujours la mémoire de Regnault comme un de leurs titres les plus glorieux.

DISCOURS

DE

M. LABOULAYE

MEMBRE DE L'ACADÉMIE DES INSCRIPTIONS ET BELLES-LETTRES.

AU NOM DU COLLÉGE DE FRANCE.

Messieurs,

Au nom du Collége de France, je viens rendre un dernier hommage à notre illustre et regretté collègue, M. Victor Regnault.

Il nous a appartenu pendant trente années, qui ont été les plus fécondes et les plus heureuses de sa vie.

Lorsque, en 1841, le Collége de France et l'Académie des sciences appelèrent Victor Regnault à recueillir l'héritage de Savart et d'Ampère, tout le monde applaudit à ce choix excellent. Quoique bien jeune encore, Regnault, déjà membre de l'Institut, avait des titres assez considérables pour qu'on ne le jugeât pas indigne de succéder à ces glorieux devanciers.

Peu de débuts ont été aussi brillants que le sien. Ce jeune homme, qui avait l'air et la vivacité d'un adolescent, était un professeur accompli. On n'a pas oublié son cours d'optique : c'était la première exposition méthodique des belles recherches de Fresnel et d'Arago. De cet auditoire, où les élèves étaient plus âgés que le maître, est sortie toute une génération de savants, parmi lesquels, pour ne parler que des morts, on me permettra de citer un homme trop tôt enlevé à la science, M. Foucault.

Un peu plus tard, M. Regnault aborda l'étude de la chaleur. Il soumit à un contrôle sévère une théorie généralement acceptée, mais qui ne répondait plus à la variété des faits observés. Pendant de longues années, ces recherches, poursuivies avec une patience et un soin sans pareil, ont donné au laboratoire de physique du Collége de France un renom universel. On venait de l'étranger pour suivre ces travaux qui intéressaient l'industrie non moins que la science. On ne se lassait pas d'admirer l'observateur habile et ingénieux qui apportait à ces expériences difficiles un degré de finesse et de précision que la nature des phénomènes ne paraissait pas comporter.

Parvenu à la maturité de l'âge et du talent, M. Regnault pouvait regarder l'avenir sans crainte, quand il fut frappé d'une façon terrible. Le 19 janvier 1871, son fils, le digne héritier de son nom, la gloire de sa vieillesse, tombait héroïquement à Buzenval ; et, pour comble de malheur, notre cher collègue n'avait même pas le refuge de l'étude, la dernière consolation de ceux qui souffrent, parce qu'elle leur permet au moins d'oublier : ses papiers, ses appareils, restés à Sèvres, avaient été détruits ou dispersés par l'ennemi. M. Regnault ne devait plus retrouver les manuscrits où, durant plusieurs années, il avait consigné une longue série d'expériences si délicates, qu'il est permis de craindre qu'on ne les reprenne pas de longtemps.

En 1873, de nouveaux deuils lui portèrent le dernier coup. L'âme et le corps brisés, Victor Regnault ne fit plus que languir.

Quelquefois sa pensée se ranimait et réveillait en lui le souvenir de ses études favorites. Il avait fait transporter à la campagne les débris de son laboratoire de Sèvres ; il voulait consacrer le peu qui lui restait de vie à reconstituer une sorte de Musée historique de ses expériences, afin de transmettre à des successeurs plus heureux le flambeau qui lui tombait des mains.

C'était le rêve d'un malade dont les instants étaient comptés. Il nous a été enlevé au jour anniversaire de la mort de son fils, le 19 janvier, date fatale à inscrire sur le tombeau de deux hommes qui tous deux ont honoré la France et que la France n'oubliera pas. Pour nous, qui avons connu et aimé Victor Regnault, nous garderons pieusement son souvenir ; nous mettrons son nom à côté de celui des Ampère, des Savart, des Biot, des Balard, des Élie de Beaumont, de tous ces savants qui ont fait la gloire du Collége de France, non-seulement par l'éclat de leurs découvertes, mais aussi par l'exemple d'une vie dévouée tout entière à la poursuite de la vérité.

Paris. — Typogr. de Firmin-Didot et Cⁱᵉ, rue Jacob, 56. — 6795.